O PIANO

Edgar J. Hyde

Ciranda Cultural

Dados Internacionais de Catalogação na Publicação (CIP)
(Câmara Brasileira do Livro, SP, Brasil)

Hyde, Edgar J.
   O piano / Edgar J. Hyde ; [tradução Silvio Antunha].
– Barueri, SP : Ciranda Cultural, 2015. – (Hora do Espanto)

Título original: The Piano.
ISBN 978-85-380-3251-9

1. Ficção juvenil I. Título. II. Série.

15-02271   CDD-028.5

Índices para catálogo sistemático:

1. Ficção : Literatura juvenil 028.5

© 2009 Robin K. Smith
Esta edição de *Hora do Espanto* foi publicada
em acordo com Books Noir Ltd.
Título original: *The Piano*

© 2009 desta edição:
Ciranda Cultural Editora e Distribuidora Ltda.
Tradução: Silvio Antunha

1ª Edição
www.cirandacultural.com.br
Todos os direitos reservados. Nenhuma parte desta publicação
pode ser reproduzida, arquivada em sistema de busca ou transmitida
por qualquer meio, seja ele eletrônico, fotocópia, gravação ou outros,
sem prévia autorização do detentor dos direitos, e não pode circular
encadernada ou encapada de maneira distinta àquela em que
foi publicada, ou sem que as mesmas condições sejam
impostas aos compradores subsequentes.

Sumário

Cramlington	5
Bela Música	13
A Tia Maud	19
A Aula de Piano	25
O Funeral	31
Leite e Biscoitos	39
O Corpo	45
Mistério Resolvido?	49
A Casa das Árvores	55
Notícias da Enfermeira Jessica	59
A Visita à Casa das Árvores	63
A Música Chega	69
Uma Tempestade se Forma	73
A Tempestade	77
A Mensagem	85
Uma Tragédia Anunciada	93

Capítulo 1

Cramlington

Roger Houston olhou o espelho, sinalizou à esquerda e guiou o carro para uma vaga na lateral da rua. Sua esposa, ao seu lado, bocejou e se espreguiçou.

– Onde estamos? – ela perguntou sonolenta.

– Num lugar conhecido como Cramlington. Não é mesmo bonito? – ele falou. – Acho que vou acabar dormindo no volante se não parar um pouco para esticar as pernas. É melhor acordar as crianças.

A família Houston voltava do feriado de Páscoa e estava na estrada desde o início da manhã. O senhor Houston sentia os olhos doerem por causa do esforço de dirigir por tanto tempo e precisava descansar um pouco.

"Cramlington" – pensou o senhor Houston – "parece o lugar perfeito para parar e almoçar".

As crianças, acordadas pela mãe, esfregaram os olhos, esticaram-se preguiçosamente e estavam prontas para sair do carro.

– Não esqueça a malha, Victoria. Provavelmente está mais frio do que você imagina – disse a mãe.

Hora do Espanto

– Você também, Darryn. Onde está o seu casaco?

Enquanto a senhora Houston estava ocupada arrumando as crianças, o marido se debruçou para fora do carro, para sentir o frescor do ar marítimo.

– Belo lugar este, realmente pitoresco – ele disse, sem se dirigir a ninguém em particular. – Estranho nunca termos passado por aqui antes.

Seus pensamentos foram interrompidos pela família, que ruidosamente se espalhava pela calçada. Como de costume, o cabelo de Roger esvoaçou em todas as direções, enquanto ele via a filha quase adolescente se olhar no espelho lateral do carro para ajeitar a franja, antes de conferir se as unhas pintadas de azul metálico não estavam lascadas.

– Pai, mãe, podemos ir a uma loja de brinquedos? Podemos? Por favor, por favor! – Darryn dava pulos a olhava ansiosamente para seus pais, esperando deles alguma resposta. O pai balançou a cabeça com a cara feia.

– Ouça, filho – ele disse ao filho de 6 anos de idade –, já temos brinquedos novos em excesso guardados no porta-malas do carro. Não vamos comprar mais nenhum. Estou surpreso que o carro consiga se mover com todo esse peso na traseira.

O Piano

Darryn ficou momentaneamente cabisbaixo. Em seguida, animado, pegou na mão do pai e perguntou:
– Posso comprar umas balas, então, pai, posso? Por favor, tenho dinheiro sobrando no bolso, por favor...

Segurando a mãozinha grudenta do filho ("o que será que essa criança andou comendo?" – pensou consigo mesmo), o pai virou à esquerda em uma pequena rua antes de murmurar distraidamente: – Vai depender de você comer ou não o almoço, meu garoto.

A mãe e Victoria caminhavam atrás, em um ritmo mais lento. A mãe admirava os belos canteiros nas janelas, que enfeitavam as fachadas das pequenas casas caiadas de branco. Victoria esperava encontrar alguma loja de esportes ou de beleza. Quando viraram na pequena rua, elas acharam o pai e Darryn, com o nariz colado na vitrine de uma loja.

Olhando para cima, a mãe viu o cartaz "Larkspur Music" na entrada da loja. Ela e a filha se juntaram aos outros, e também grudaram o nariz na vitrine quando viram os instrumentos guardados lá dentro. Embora tudo estivesse muito empoeirado, a família ficou empolgada ao ver uma série de instrumentos musicais: um violoncelo, alguns violinos, violões, uma imensa bateria que ocupava quase todo o lado esquerdo da vitrine e muitos outros.

Hora do Espanto

– Ora, vamos entrar – disse a mãe, reparando no aviso de "aberto" colocado na frente da porta. Embora nem ela e nem o marido tivessem qualquer habilidade musical, Emily Houston sempre quis ser capaz de tocar *alguma coisa*. A família empurrou a porta e entrou, e ali estava, bem no centro da loja, o mais belo piano que eles já tinham visto.

Quase todo branco, ficava orgulhosamente com a tampa aberta, exibindo as teclas polidas que simplesmente pareciam gritar quando eram tocadas. Victoria, com três anos de aulas de piano, foi a primeira a correr seus dedos ao longo das teclas.

– Ora, mãe, é perfeito! Podemos comprá-lo, por favor?

O pai ficou chocado.

– Comprar, Victoria? Você não pode estar falando sério. Sabe quanto custa uma coisa dessas? Feche a tampa, depressa. Você sabe que não deve tocá-lo.

– Não seja tão duro com ela, querido – a mãe interveio. – Entendo perfeitamente como ela se sente. Esse piano é realmente muito bonito.

E ela também se aproximou do piano e correu seus próprios dedos ao longo das teclas.

Quando criança, Emily Houston quisera que seus pais a tivessem mandado para aulas de piano, mas

O Piano

infelizmente o dinheiro era sempre necessário para outras coisas, e ela nunca realizou esse desejo.

– Posso ajudar vocês? – perguntou uma voz do outro lado da loja. Um homem idoso caminhou em direção a eles. – Ah! Você simpatizou com o piano, não é, minha querida? – ele sorriu para Victoria.

– Bem, sim, é muito bonito – ela disse. – Não quis dizer que quero tocá-lo. Na verdade, eu nem sei direito.

– Ora, não se preocupe com isso – ele retrucou. – A maioria das pessoas que vêm aqui são atraídas pelo piano. Sente-se. E quanto a você, rapazinho? Não gostaria de sentar-se na banqueta junto com a sua irmã?

Darryn estava sentado na banqueta antes que as palavras tivessem deixado a boca do dono da loja. A irmã, sentada metade dentro e metade fora, fez uma careta para o irmão, antes de tocar delicadamente nas teclas, enquanto Darryn, mais impetuoso do que Victoria, começasse a tocar acordes de maneira tosca.

– Senhor, senhora, não estariam interessados em comprar? – o homem sorriu para ambos. – Tenho certeza absoluta de que ficarão surpresos com o preço.

O pai não tinha a menor dúvida quanto a isso!

Hora do Espanto

– É um quarto do preço da etiqueta – o vendedor continuou. – E fazemos a entrega, sem despesas.

O pai sorriu. O velho senhor devia ter ficado com a impressão de que eles queriam comprar a banqueta!

– Mas que diabos vamos fazer com uma banqueta sem o pia...?

A esposa interrompeu.

– Por esse preço? – ela virou ironicamente para o homem. – Mas isso inclui a banqueta, não é? – Embora sem acreditar no preço, ela não era mulher de desperdiçar uma bela oportunidade!

– Sim, é claro, senhora. O piano, a banqueta e a entrega. Podemos levar, vamos dizer, na segunda-feira de manhã.

Verificando o calendário na parede rapidamente, ele acenou para fazer a confirmação.

– Sim, segunda-feira pode ser ótimo. Então, basta me darem os detalhes do endereço para deixarmos o pedido feito. É um aborrecimento ter que preencher tanto formulário hoje em dia.

E foi assim que o piano acabou pertencendo à família Houston. O pai deixou a loja completamente atônito. Preencheu e assinou um cheque. Deu o nome, o endereço e o número de telefone para o dono da loja, e guardou o recibo na carteira.

O Piano

– Ora, não fique assim, Roger – disse a mãe. – Foi uma sorte grande encontrar um instrumento assim, nessas condições, por esse preço.

Puxando os dois filhos pelas mãos, ela atravessou na frente do marido, que balançou a cabeça sem acreditar nos eventos que tinham acabado de acontecer.

Capítulo 2

Bela Música

– O caminhão chegou! – gritou Darryn do andar de cima.

Ele estava vigiando desde às oito horas da manhã, desesperado pela entrega do piano, e agora quase não conseguia se conter. Desceu correndo pela escada, e foi o primeiro a alcançar a porta da frente, quase tropeçando em uns patins, de tanta pressa.

O caminhão estacionou no número 21, dois homens pularam para fora da cabine, foram para trás do caminhão e destrancaram as portas. O pai agora tinha aparecido, e ele mandou os homens colocarem o piano no quarto maior, que era usado em parte como despensa e em parte para guardar os brinquedos das crianças. Naquela manhã, tudo no quarto tinha sido empurrado freneticamente para um lado, de modo a abrir espaço para o novo bem da família.

O pai deu uma gorjeta aos homens, agradeceu e fechou a porta educadamente, balançando a cabeça incrédulo, pois jamais tinha acreditado que a família realmente veria o piano novamente.

Hora do Espanto

– Eu quero sentar, saia daí! – gritou Darryn, enquanto disputava com sua irmã a banqueta do piano.

– Não é grande o bastante para nós dois – a irmã mais velha replicou. – Saia daqui, eu vou primeiro, você ainda nem sabe tocar direito.

– Calma, calma – a mãe interveio –, nada de brigas. O que vamos fazer é: uma hora para a Victoria e depois uma hora para o Darryn. A Victoria primeiro, Darryn, venha ficar aqui ao meu lado e deixe sua irmã tocar.

Virando para a filha, ela continuou: – E como você sabe muito mais coisas de piano do que o Darryn, por que não tenta ajudá-lo? Vamos ser construtivos, em vez de ficar brigando.

Victoria deu de ombros sem comentar e dedicou toda sua atenção às brilhantes teclas, enquanto Darryn não tirava os olhos do relógio, desejando que aquela hora passasse rapidamente. E, assim, o dia passou, com os pais atentos aos acordes que estavam sendo tocados, surpreendidos com a melodia *Chopsticks* mal tocada, misturada com ocasionais brigas entre as crianças. No fim da noite, exaustas, cada criança foi para sua cama e logo pegaram no sono. Na manhã seguinte, o pai foi o primeiro a acordar. Olhou para o despertador: 7h30min! Ele cutucou a esposa.

– Emily? Você está ouvindo isso?

O Piano

Relutantemente, ela olhou para ele.

– O que foi, querido? Estou com sono.

Então, ao perceber que o marido estava sentado na cama, ela esfregou os olhos e também sentou-se. Foi só então que ela reparou na estranha e bela música que flutuava até o andar de cima.

– Estou ouvindo! – ela disse ao marido. – Você continua ouvindo agora? Venha, vamos descer. Não sabia que a Victoria já estava tão adiantada.

A mãe e o pai seguiram para as escadas e começaram a descer. A música continuava tocando. Era uma triste melodia que nenhum deles parecia ter ouvido antes. Os pais desceram calmamente, para não incomodar Victoria, e de maneira nenhuma queriam interromper a perfeição da música. Quando pisaram no último degrau e contornaram o corredor que levava ao quarto que abrigava o piano, o pai parou e engasgou. Foi então que ele viu, no outro lado do quarto, sem tocar o piano, Victoria, tremendo encolhida no canto!

– Victoria, o que está acontecendo? Não é possível que o Darryn esteja tocando, não é?

Quando os pais entraram no quarto, perceberam que o filho pequeno chegava atrás deles.

– Por que todo mundo acordou tão cedo? – ele resmungou. – O que está acontecendo?

Hora do Espanto

Os pais e a irmã não responderam e, quando ele acompanhou o olhar pasmo de todos, entendeu o porquê. O piano estava tocando sozinho! Victoria parecia muito assustada. Ela tinha sido a primeira a ouvir a música, e a primeira a chegar lá embaixo. A mãe se aproximou e a puxou para perto. A própria mãe ficou totalmente abalada com o que viu e, enquanto toda a família olhava, o piano continuou a tocar, mudando de movimento, ficando cada vez mais rápido, cada vez mais alto, fazendo um som tão fantástico que ameaçava acordar toda a vizinhança. Os belos toques de música que eles tinham escutado no andar de cima agora pareciam raivosos e frenéticos, e a família não conseguiu fazer nada a não ser esperar até que o piano finalmente ficasse em silêncio.

A família também ficou em silêncio, chocada e atordoada com o que tinha acabado de testemunhar. Victoria estava visivelmente abalada, e a mãe tinha virado uma medonha sombra branca. O pai foi o primeiro a falar.

– Bem, que diabos foi tudo isso? – ele disse, sentando-se na cadeira mais próxima e colocando Darryn sobre os joelhos.

– Essa não, não quero que pare! – disse Darryn. – Isso foi muito divertido!

– Muito divertido? – repetiu Victoria. – Não seja bobo. Foi apavorante! Como será que as teclas podem

O Piano

tocar sozinhas, sem ninguém? Será que é um desses automáticos, mãe? Sabe, daquele tipo que você dá corda e o piano toca algumas músicas? – ela olhou para a mãe, esperançosa.

– Acho que não – replicou a mãe, e embora tivesse total certeza de que não se tratava disso, resolveu dar mais uma olhada. Ela e Victoria examinaram de todas as maneiras possíveis: por baixo, por cima, atrás, e olharam até os pedais em busca de qualquer pista do que poderia estar acontecendo.

– Estou com medo! Não tem nada aí... – disse a mãe, finalmente desistindo.

A família sentou-se ao redor em silêncio, cada um com seus próprios pensamentos.

"Não admira que tenha sido uma pechincha. Deve ser mal-assombrado ou coisa parecida" – o pai pensou consigo mesmo. Quando esse pensamento entrou em sua cabeça, ele o descartou o quanto antes, lembrando que ele mesmo não acreditava em fantasmas!

O toque da campainha da porta da frente abalou-os novamente. Darryn pulou de cima dos joelhos do pai e correu para a porta da frente para ver quem estava lá. Era o Simon, que morava duas casas depois.

– Ei, Darryn, não sabia se vocês tinham chegado ou não. Não vai para a escola hoje?

O pai olhou o relógio. Faltavam dez minutos para as oito da manhã. Crianças! Mas que diabos o Simon

Hora do Espanto

estava fazendo na porta da frente mais de uma hora antes do horário da escola?

Relutantemente, Victoria também levantou.

– Acho melhor me aprontar para ir à escola. Que jeito mais estranho de começar o dia... – ela bocejou, enquanto começava a subir a escada.

A mãe e o pai olharam um para o outro.

– Bem, você tem alguma explicação? – a mãe perguntou. O pai olhou intrigado para o piano.

– Efeitos especiais? Imaginamos a coisa toda? Quem sabe? Vamos tomar café da manhã, é melhor a gente forrar o estômago.

Capítulo 3

A Tia Maud

A mãe colocou o telefone no lugar e sentou-se com um suspiro.

– Algo errado, querida? – perguntou o pai, olhando por cima do jornal.

– A tia Maud morreu. Acabaram de ligar da clínica de repouso.

– Não sabia que a tia Maud estava doente – disse Darryn, com a boca cheia de cereal matinal.

– Ela não estava doente de fato, querido, apenas velha, e também cansada, acredito. Estava com 93 anos de idade, como você sabe.

Ela se voltou para o pai.

– O funeral é amanhã. A diretora não conseguia me ligar, obviamente, pois estávamos viajando. Sei que você não vai se importar, então, eu vou. Terão poucas pessoas lá, eu nem sei, e de qualquer forma tenho que manifestar os meus sentimentos. Não éramos muito próximas, mas ainda assim, ela era da família – ela sorriu para as crianças.

– Vamos, vocês dois, terminem logo esse café da manhã, ou vão se atrasar para a escola. E lembre-se,

Hora do Espanto

Victoria, você tem aula de piano depois da escola. O seu primeiro exame deve acontecer logo, não é mesmo?

– Sim – replicou a filha. – Na verdade, é na próxima semana. Mas eu não estou preocupada. A senhora Stewart disse que se eu conseguir tocar *Pour Elise* no exame tão bem como toco na aula prática, vou passar sem problemas.

– Não seja tão pretensiosa, mocinha – disse o pai, dobrando o jornal e tomando seu café. – Você nunca pratica muito.

Ao virar para se despedir da esposa, ele não viu a filha levantar os olhos para o céu e depois mostrar a língua para o irmão mais jovem. Victoria saiu da mesa, agarrou a mochila escolar e foi para a porta.

– Pego você depois... – ela gritou por sobre o ombro, e assoprou um beijo para Darryn. – Tchau, querido – ela imitou a mãe e correu para a porta antes que o Darryn pudesse atingi-la com sua colher.

– Hum! Irmãs! – ele exclamou. "Vou dar o troco hoje à noite" – ele pensou e tomou o resto do café da manhã enquanto decidia que substância poderia usar para jogar nela quando voltasse para casa.

Depois que o pai saiu, a mãe recolheu a louça do café da manhã enquanto Darryn espionava o que ela tinha colocado em sua mochila para a hora do recreio e pensou na história que iria contar para o Simon.

O Piano

– Dez para as nove – a mãe disse, olhando para o relógio. – Melhor irmos.

Darryn ainda era considerado muito pequeno para ir a pé para a escola, então, a própria mãe o levava de manhã e o buscava à tarde.

"Ano que vem, talvez" – ele pensava, olhando com inveja para os garotos mais velhos que andavam sozinhos.

A mãe teria um dia cheio, lavando e passando toda a roupa do feriado e colocando a casa em ordem. Ela arrumava os quartos com carinho.

Ela não tinha certeza se queria mudar para uma casa nova, mas o pai parecia estar com o coração firmemente decidido a comprar a velha casa no alto da colina. Eles a tinham visto um pouco antes de viajarem no feriado, e a mãe admitiu que sentia um certo charme no velho lugar. Só não sabia se estava pronta para deixar a casa atual. As crianças tinham sempre morado ali, os amigos delas moravam ali, e as escolas de ambos eram de bom padrão e ficavam bem perto.

– Eles vão fazer novos amigos quando mudarmos, e talvez continuem nas mesmas escolas, pois, afinal de contas, existem linhas de ônibus até lá – o pai disse.

A mãe suspirou. A casa nova era bonita, ela admitia, e o jardim era muito maior do que o da casa atual.

Hora do Espanto

O senhor idoso que morava lá havia montado uma estufa na casa alguns anos antes. Preso à cadeira de rodas, ele passava os dias olhando seu amado jardim do lado de fora. Tanto a mãe como o pai tinham concordado que esse quarto, cheio de luz do sol, seria perfeito para as crianças usarem como quarto de brinquedos. Só recentemente a filha do senhor idoso o tinha convencido a morar com ela e, então, a casa foi colocada à venda. O pai tinha ficado muito animado.

– Está dentro da nossa faixa de preço, querida – ele disse quando a mãe manifestou preocupação, e ela ainda sentia a mesma dúvida cruel.

Ela parecia incapaz de afastar esse sentimento enquanto ia de quarto em quarto, juntando as peças de roupa usadas no quarto da Victoria e resgatando as bonecas suspensas no *bungee-jump* na janela de Darryn. Alisando a roupa das bonequinhas, ela as colocava de volta no quarto de Victoria, fazendo uma anotação mental para dizer ao Darryn que, apesar de o *bungee-jumping* ser uma brincadeira bacana para os seus soldadinhos de brinquedo, não era muito aconselhável para as elegantes bonecas da irmã.

Ao entrar no quarto de brinquedos das crianças, a mãe passou o espanador de pó nas teclas do piano.

O Piano

As notas soavam quando ela as tocava, mas a performance musical que ocorreu antes não se repetiu.

"Talvez a gente tenha imaginado tudo" – a mãe pensou consigo mesma, enquanto lustrava a parte de cima do piano.

"Afinal de contas, como um piano poderia tocar sozinho? Provavelmente estávamos todos exaustos por causa da longa viagem de volta do feriado."

Ela fechou a tampa, empurrou a banqueta do piano e deixou o quarto.

"Agora, será que meu terninho preto está bom para usar no funeral?" – ela pensou.

Chacoalhando o espanador de pó, ela subiu as escadas rumo a seu quarto para ver o que tinha em seu guarda-roupa.

Capítulo 4

A Aula de Piano

– Ótimo, Victoria. Isso foi muito bom – exclamou a senhora Stewart quando a jovem aluna terminou de tocar. – Agora, não acha que seria uma boa ideia ter mais uma aula prática antes do seu exame na próxima terça-feira?

– Boa pergunta, senhora Stewart – a garota sorriu enquanto se levantava –, mas a minha mãe e o meu pai acabaram de comprar um piano novo, então, agora vou poder praticar sempre que eu quiser.

– Verdade, querida? Bem, isso é maravilhoso. Só espero que você realmente faça bom uso dele, Victoria. Você tem muito talento, como eu já disse tantas vezes, mas precisa sempre, sempre, lembrar da palavra-chave...

"Disciplina" – pensou Victoria.

– ... disciplina – disse a senhora Stewart no momento exato. – Você precisa se disciplinar se realmente quiser ser uma boa pianista.

Victoria, de costas para a professora, balbuciou as mesmas palavras em perfeita sintonia com a senhora Stewart.

Hora do Espanto

Embora ela fosse uma boa professora, e Victoria gostasse dela, a insistência no uso da palavra disciplina podia ser um pouco desgastante às vezes.

Dobrando suas partituras musicais e guardando-as na pasta, Victoria concordava com a ladainha da senhora Stewart.

– Certa vez eu tive uma aluna, bem antes da sua época, que poderia ter se tornado alguma coisa. Ela era extremamente talentosa, muito musical. Ensiná-la era um verdadeiro prazer. Mas, infelizmente, ela perdeu o interesse, logo quando começou a progredir. Ela achava que, mais do que prazer, o estudo estava se tornando cada vez mais um trabalho cansativo. Foi uma pena, pois ela simplesmente não teve a disciplina para enxergar adiante.

Victoria arregalou os olhos para seus tênis.

"Sinceramente, se eu tiver que escutar essa história mais uma vez, eu acho que vou sair berrando por aí. Agora ela vai falar sobre ficar pensando em garotos e não se preparar direito para as aulas" – ela pensou.

– É claro que, como você sabe, o próximo passo foi ela parar de praticar e, então, ela parou de se preparar para as aulas, e escolheu em vez disso passar o tempo na lanchonete, para dar uma olhada nos rapazes que frequentavam o local.

O Piano

Pontualmente levantando a manga para olhar o relógio, Victoria agarrou sua mochila e se voltou para a porta.

– Senhora Stewart, sinto muito, eu realmente não queria interrompê-la, mas preciso ir. Prometi para a minha mãe que a ajudaria a limpar o quarto de brinquedos hoje à noite. Desculpe, mas vejo a senhora na semana que vem.

– Ora, certo. Até lá então, querida.

Agora sentada no sofá, a senhora Stewart retirou os óculos para limpar as lentes, suspirou e esfregou os olhos.

– Meia hora até o próximo aluno – ela observou, olhando para o relógio sobre a lareira.

– Acho que vou tirar só um pequeno cochilo enquanto espero. – Colocando os pés na pequena banqueta diante dela, ela puxou a manta em volta do ombro e logo pegou no sono.

Mais tarde naquela noite, quando o jantar terminou e o último brinquedo das crianças tinha sido encaixotado no quarto de brinquedos, o pai sugeriu que Victoria tocasse *Pour Elise* para eles.

Ajeitando-se na banqueta do piano, Victoria começou a tocar. A princípio ela hesitou um pouco, depois,

Hora do Espanto

conforme ganhou confiança, as notas fluíram perfeitamente sob seus dedos.

O pai recostou-se em sua cadeira e fechou os olhos.

"É tão lindo" – ele pensava consigo mesmo, contente, enfim, com a compra do piano.

Então, de repente, a assombrosa melodia alterou o compasso. As notas que emanavam do piano se tornaram mais altas, mais rápidas e mais iradas. Para seu desespero, quando abriu os olhos e endireitou-se na cadeira, o pai viu que sua filha já não tocava mais o instrumento, mas estava retraída de susto, seus dedos suspensos no ar, embora a música continuasse a sair do instrumento.

Darryn pulava agitado.

– Está acontecendo de novo, está acontecendo de novo! – ele gritou.

A mãe ficou em pé e se dirigiu até a filha. Abraçou-a para reconfortá-la. Extasiadas, ambas contemplaram as teclas.

O piano parecia ter uma mente totalmente própria, e a família percebeu depois de algum tempo que tocava sempre a mesma melodia, só que algumas vezes mais rapidamente e, ao que parece, mais zangada outras vezes. Por fim, a apresentação parou, e os pais se viraram para olhar um para o outro.

O Piano

– Será que é imaginação? Ou ilusão de óptica? – questionou a mãe.

– Eu acho que não. Há alguma coisa estranha acontecendo aqui, e nós precisamos descobrir o que é.

Capítulo 5

O Funeral

A mãe apertou as mãos da mulher de bochechas rosadas que estava diante dela.

– Ela era uma mulher realmente adorável. Dava alegria a muitas pessoas. Ela gostava de cantar e sempre tinha seu lugar marcado nos concertos mensais que realizávamos em casa.

A mãe sorriu para a diretora.

– Sim – ela concordou –, lembro-me dela cantando. Quando eu era menina, meu pai costumava me levar para visitar a tia Maud e às vezes ela cantava, só porque nós pedíamos, é claro, pois como a senhora sabe, ela não era de se gabar de nada.

As duas falavam carinhosamente da velha senhora. Quando ouviram a organista começar a tocar no interior da pequena capela anexa ao crematório, elas entraram.

"Eu estava certa sobre a quantidade de pessoas que viria" – pensou a mãe enquanto tirava as luvas e sentava.

Hora do Espanto

Além dela, da diretora e do capelão, só mais três pessoas estavam na capela.

"Não é que Maud não fosse querida" – ela pensou consigo mesma. "Só que todos os amigos dela ou já faleceram, ou estão fracos ou doentes demais para virem ao funeral."

Primeiro foi tocado um hino, depois o capelão disse algumas palavras sobre Maud e a pessoa que ela tinha sido. Quando terminou de falar, a organista começou a tocar enquanto o caixão era colocado em outro local, atrás das cortinas de veludo pretas.

"Mas é a mesma melodia!" – pensou a mãe incrédula. "É exatamente a mesma melodia que o piano vem tocando em casa!"

Ela olhou para a organista, mas o rosto dela se mantinha impassível enquanto tocava cada nota.

Ela olhou o folheto com a orientação do culto que tinha sido entregue quando entrou na capela e leu rapidamente:

Hino: *O Senhor é o Meu Pastor*

Oração: Padre Christopher Blount

Solo de Órgão: *O Velho Carvalho*, por Jessica Perry

O Piano

Ela interrompeu a leitura. Jessica Perry, ela conhecia esse nome. Imediatamente lhe pareceu familiar, mas de onde mesmo ela o conhecia?

As pessoas se levantaram e ela percebeu que o hino final estava sendo cantado. Ela guardou o folheto do culto na bolsa e acompanhou os outros na cantoria.

Mas foi só quando ela parou no farol de trânsito a caminho de casa que se lembrou.

"É claro, Jessica Perry, *enfermeira* Jessica Perry. Ela foi a parteira que ajudou no nascimento da Victoria cerca de 12 anos atrás, e ela também era professora de piano."

Emily Houston lembrava-se bem dela, pois eram quase da mesma idade, e a enfermeira Perry a acompanhou num parto particularmente difícil. Ela parecia sentir quase o mesmo orgulho da criança recém-nascida, de rostinho vermelho e que não parava de gritar, que os próprios pais. Ela visitou a mãe e a filha todos os dias, durante os oito dias em que elas ficaram no hospital, pois a mãe teve uma infecção de garganta e Victoria teve uma grave icterícia.

Despertada do devaneio pela buzina de um carro tocando atrás dela, a mãe percebeu que o farol já estava verde, então, ela engatou a primeira marcha e partiu. Ela não sabia que Jessica tinha músicas publicadas. Mas, e daí? Elas tinham perdido contato cerca de oito anos antes, quando Jessica foi transferida

Hora do Espanto

para outro hospital e se mudou do bairro. A mãe se perguntava se ela teria se casado algum dia. Ela sabia que Jessica estava muito ansiosa para ter seus próprios filhos, e que ela tinha sido muito carinhosa com a Victoria, visitando-a sempre que podia e nunca esquecendo um aniversário. Na verdade, tinha sido Jessica quem dera à garotinha seu primeiro piano, com apenas 3 anos de idade. Era um pianinho cor-de-rosa, com adesivos de animais em cada lado, e sobre cada tecla havia uma letra do alfabeto correspondente pintada. Usando o livreto que acompanhava o piano, a mãe ajudava Victoria a tocar as melodias que eram "soletradas" no livro, até que, gradualmente, Victoria conseguisse tocar por conta própria.

Ao chegar em casa, a mãe estacionou o carro na garagem e entrou.

O pai e as duas crianças estavam sentados à mesa da cozinha, e a mãe notou que havia alguma coisa errada, porque quase se ouvia o som do silêncio.

– Como foi, amor? – perguntou o pai enquanto a mãe tirava o casaco e deixava as chaves do carro.

– Tudo bem – ela respondeu, puxando uma cadeira. – Mas o que há de errado com vocês? Parece que estão em estado de choque...

– É o piano, mãe – Darryn disse num impulso, mal conseguindo se conter. – Desta vez ele tocou no meu lugar. Eu só estava praticando minhas escalas...

O Piano

O pai franziu a testa na direção de Darryn.

– O que você estava fazendo? – ele questionou.

– Bem, eu estava prestes a praticar minhas escalas – ele corrigiu. – Eu queria tocar todas as notas pretas que conseguia com as mãos, e ao mesmo tempo alcançar os pedais. Foi quando aquilo começou novamente.

– O quê? – perguntou a mãe.

O pai limpou a garganta.

– O piano começou a tocar sozinho de novo, Emily, como fez antes, repetindo as notas sem parar.

– A mesma melodia? – perguntou a mãe.

– Não, dessa vez não – replicou o pai. Tentando sorrir, ele disse: – Acho que ele está tentando nos mostrar que tem mais de uma melodia em seu repertório.

A mãe olhou para Victoria.

– Você está bem? – ela perguntou, segurando a mão da filha.

– Sim, mãe, está tudo bem, obrigada. Fiquei assustada, pois estava achando que era só eu quem fazia o piano tocar. Porém, hoje era o Darryn quem tocava quando o piano assumiu o controle totalmente. Mas agora estou curiosa de verdade. Gostaria realmente de saber o que está acontecendo.

A mãe pegou o folheto do culto de sua bolsa e colocou-o sobre a mesa da cozinha.

Hora do Espanto

– Tudo bem – ela disse. – Por enquanto, a história é a seguinte...

E ela contou a todos o que sabia a respeito da enfermeira Jessica Perry.

– É claro que eu me lembro dela – disse o pai. – Mas o que será que isso tudo quer dizer? Você acha que compramos um piano que pertenceu a ela? Um piano mal-assombrado que só toca melodias dela?

Olhando para o rosto jovem do filho, arregalando os olhos a cada palavra que o pai dizia, a mãe sacudiu a cabeça em direção ao pai.

– Mas é claro que não – ela disse. – Quer dizer, a pessoa precisa estar morta para poder assombrar coisas ou pessoas, não é mesmo? E pelo que eu sei, Jessica está viva, bem de saúde, e mora a algumas centenas de quilômetros daqui.

Quase para si mesma, ela acrescentou calmamente: – Mas isso não explica por que não recebo uma carta ou um cartão dela há anos.

Então, reparando que todos os olhares estavam vidrados nela, ela se recompôs e deu um pequeno sorriso.

– Ora, parem com isso, não é tão grave assim. Não quero assustar ninguém. Com certeza a enfermeira Perry não tem nada a ver com isso.

– Não estamos assustados, mãe – disse Darryn corajosamente. Mas, para falar a verdade, palavras como "morta" e "assombrar" não eram as favoritas

O Piano

dele. Ele pensava se não seria melhor dormir no quarto da Victoria naquela noite sem ela saber disso!

– Certo – disse o pai, levantando-se para abrir a porta do forno. – O jantar deve estar quase... Essa não!

– O que foi? – perguntou a mãe, virando-se para o marido.

– Acho que a carne assada que você me pediu para fazer passou só um pouquinho do ponto... – A carne assada retirada do forno estava preta e praticamente irreconhecível.

– Mas eu deixei por escrito para você "assar por uma hora a 180°C" – disse a mãe.

– Ah, então era 180°C? – Ele jogou no lixo a comida queimada antes de acrescentar: – Achei que era 280°C.

A mãe abriu a gaveta da cozinha e pegou um folheto de menu.

– Tudo bem, gente, quem quer pizza?

Capítulo 6

Leite e Biscoitos

Victoria tateou seu despertador, viu que era uma hora da manhã e imaginou o que a teria acordado. Então, ela percebeu que não estava sozinha na cama.

"Darryn!" – ela pensou, olhando para o rosto adormecido dele. "Quando será que ele veio?" – E ele não parecia um anjo dormindo!

Ela voltou a se deitar e fechou os olhos, mas o sono tinha sumido. Ela se virou, revirou e se enfiou embaixo do travesseiro, mas nada adiantou. Por fim, decidiu que estava com sede e levantou-se da cama. Calçou os chinelos, colocou o roupão e se arrastou em silêncio pelo corredor até a escada.

– Victoria – escutou quando pisou no segundo degrau. Ela gelou.

"Com certeza o piano não pode falar assim!" – ela pensou. Seu coração saltava dentro do peito. Então, levantou lentamente seu pé para continuar a descida, quando ouviu a voz novamente.

– Victoria!

Hora do Espanto

Dessa vez, porém, reconheceu que a voz pertencia ao irmão. Virou-se e viu que ele a procurava no escuro.

– Sssh – ela colocou os dedos nos lábios, depois de estender a mão para cima e acenar para ele acompanhá-la.

De mãos dadas, as duas crianças se arrastaram silenciosamente escada abaixo e seguiram para a cozinha. Sentadas na mesa com copos de leite e pratos de biscoitos, as crianças mantinham a voz baixa enquanto conversavam.

– Não podemos acender a luz? – Darryn perguntou à irmã.

– Não – ela replicou. – Não queremos acordar a mamãe e o papai. A lua está bem clara hoje à noite, assim, não vamos precisar da luz acesa.

– Quando e por que motivo você foi para a minha cama? – perguntou Victoria. – E pare de fazer isso!

Darryn parou de tirar o recheio de chocolate do biscoito e tomou um grande gole de leite.

– Nenhum motivo – ele mentiu. – Senti apenas um pouco de frio, só isso.

– Frio? – disse Victoria, desconfiada. – No meio de uma das primaveras mais quentes de todos os tempos, você estava com frio? Fale a verdade, Darryn, você estava com medo, não é mesmo?

O Piano

– Medo? Medo do quê? – ele gaguejou. – Não estava com medo, Victoria. Como eu disse, estava apenas com frio.

– Tudo bem, Darryn – a irmã ficou com pena, lembrando-se que ele tinha apenas 6 anos de idade e que ela própria tinha ficado assustada quando o piano tocou pela primeira vez. – Veja, se eu admito que estou só um pouquinho assustada, você também pode admitir. Prometo não contar nada ao Simon. De qualquer forma, aposto que se isso tivesse acontecido na casa dele, ele estaria se esgoelando feito um bebê, de tanto medo!

Imaginar o Simon, seu melhor amigo, que sempre fazia a parte do herói seja qual fosse a brincadeira, se esgoelando como um bebê, animou bastante o Darryn.

Tão rapidamente quanto ele sorrira, porém, uma face preocupada tomou conta de seu rosto.

– Victoria – ele começou.

– Sim.

– Você me acharia um bobo se eu dissesse uma coisa sobre o piano?

– Não, é claro que não – Victoria comentou, olhando para seu prato vazio. – O que é?

– Bem – Darryn começou a falar lentamente –, sabe essa tal de enfermeira Jessica que a mamãe falou, e como o piano fica tocando suas melodias...

Hora do Espanto

– Sabemos que uma das melodias é dela – disse Victoria.

– Bem, você não acha possível que, talvez...

– Darryn, desembucha! – a irmã começou a perder a paciência. – Vamos, quero voltar para a cama, então, diga logo o que está pensando.

– Promete que não vai rir?

Suspirando, Victoria levantou o copo e o prato da mesa e foi até a pia.

– Vou para a cama – ela disse.

– Certo, tudo bem, eu vou falar – disse Darryn. A irmã voltou a sentar-se.

– Eu acho que a enfermeira Perry foi assassinada e o corpo dela foi colocado dentro do piano. Agora, ela fica tocando as melodias para nos avisar que o corpo está lá – ele disse.

Victoria ficou chocada.

– Assassinada? Colocaram o corpo lá dentro? Não admira que você não consiga dormir, Darryn, com toda essa imaginação fértil, com todos esses pensamentos horrorosos...

– Eu sabia que você não acreditaria em mim – o irmão suspirou.

– Bem, vamos pensar nisso, Darryn – ela disse, um pouco mais delicada desta vez. – Isso é um pouco forçado. Mas, então, se você contar para alguém que um

O Piano

piano toca sozinho, todo mundo vai achar isso uma coisa forçada, não é mesmo?

As duas crianças sentaram-se calmamente por um tempo.

– Você quer ir lá e ver? – arriscou Victoria.

Darryn ficou calado por um instante, então, ele disse: – Acho que sim. Não sei como alguém pode dormir nesta casa, quando o corpo de uma pessoa morta pode estar dentro do nosso piano!

Capítulo 7

O Corpo

A casa estava em completo silêncio enquanto as duas crianças moviam-se cuidadosamente pelo salão. Um pouco antes de alcançarem o quarto de brinquedos, Victoria pisou em alguma coisa pontuda e teve que segurar um grito.

– Algo errado? – perguntou Darryn.

A irmã se curvou e pegou um dinossauro de plástico.

– Isto aqui está errado – ela reclamou com ele. – Quando é que você vai aprender a guardar os seus brinquedos?

Cambaleando, ela colocou o dinossauro embaixo do braço, pretendendo atirá-lo em uma caixa no quarto de brinquedos.

As duas crianças entraram no quarto.

– Você trouxe a lanterna do papai? – perguntou Darryn.

Victoria confirmou e mostrou a lanterna na mão esquerda. As duas crianças caminharam para o outro lado do quarto, onde o piano ficava.

– Tudo bem. Não vamos conseguir ver nada a menos que fiquemos de pé em cima da banqueta – disse

Hora do Espanto

Victoria. Puxando a banqueta para perto, tentando fazer o menor barulho possível, ela acenou para Darryn subir. – Vamos subir nela, nós dois. Depois um de nós levanta a tampa e o outro acende a lanterna, para enxergarmos lá dentro.

Darryn andou até a banqueta para fazer o que a irmã dissera. Como ele queria ter ficado de bico calado! Agora, estava morrendo de medo. O quarto de brinquedos ficava muito diferente ao luar. Cada caixa de brinquedos parecia esconder alguma coisa terrível atrás de si, e ele deu um pulo ao avistar um ser imenso refletido na parede. Olhando melhor, percebeu que era um de seus bonecos. Era um com crânio verde e amarelo no lugar do rosto, e pedaços de carvão incandescentes, vermelhos e brilhantes como brasas, onde deveriam ficar os olhos. Engraçado como aquilo parecia tão ameaçador quando ampliado em seis vezes o tamanho normal!

Com o coração saindo pela boca, ele subiu na banqueta. De repente, ouviram o barulho de uma batida na janela.

– O que foi isso? – ele se agarrou na irmã, quase deslocando os dois para fora do instável banquinho.

– Foi só o vento – ela cochichou, virando para a janela.

Ele viu que a janela estava aberta e que a cortina esvoaçava, fazendo com que as lâminas da persiana

O Piano

estralassem contra a vidraça da janela. Ele se reequilibrou e pegou a lanterna que a irmã segurava na direção dele.

– Pronto? – ela perguntou.

Ele concordou sem muita convicção. "E se tiver algum corpo aí?" – ele pensou consigo mesmo. "E então?"

Victoria se inclinou para a frente e começou a levantar a tampa. Desta vez, o som da batida foi mais alto. Só que agora o barulho mais parecia algo se debatendo. Ela olhou de volta para o irmão.

– Ouviu isso? – ela cochichou.

Se ele tinha ouvido?! Ele estava petrificado! Não tinha sido o vento coisa nenhuma! Era o corpo dentro do piano, ele sabia que sim, debatendo-se desesperadamente em seu túmulo de madeira, tentando sair! Ele sabia disso o tempo todo!

Capítulo 8

Mistério Resolvido?

Na pressa para descer da banqueta, ele deixou a lanterna cair. Ao tentar pegá-la antes que batesse no chão, perdeu completamente o equilíbrio. Então, ele se agarrou na perna da irmã, tentando se salvar. Victoria tentou se segurar no piano para evitar que ela mesma caísse, mas a tampa parcialmente levantada fechou em cima de seus dedos, fazendo com que ela soltasse um grito horripilante, de gelar o sangue.

Minutos mais tarde, o pai escancarou a porta do quarto de brinquedos e acendeu a luz. Ele não acreditou no que via. Victoria, com lágrimas escorrendo pelo rosto, estava ajoelhada no chão, cuidando dos dedos que incharam rapidamente. O irmão, nesse meio-tempo, caiu deitado não longe dela, com a perna retorcida desconfortavelmente embaixo dele.

– Mas o que está acontecendo aqui? – ele perguntou, ciente de que parecia estar repetindo demais essa mesma pergunta ultimamente.

Victoria tentou falar, tomando ar entre os soluços que a sufocavam.

Hora do Espanto

– Oh, papai, desculpe. Estávamos apenas tentando olhar dentro do piano, não queríamos acordar você, mas acabamos criando essa confusão toda aqui. Ai, meus pobres dedos, acho que estão quebrados! – ela berrava.

Agora, a mãe tinha se juntado a eles no quarto de brinquedos e ajudava o Darryn a se sentar.

– Está tudo bem? Acha que consegue se levantar? – ela perguntou ao filho, também em lágrimas.

– Eu provavelmente me quebrei em uns cinco lugares! – ele se lamentava.

– Fique calmo agora – a mãe falou. – Segure minhas mãos e tente se levantar, meu bom garoto.

Com cuidado e apoiando-se fortemente na mãe, o menino conseguiu ficar em pé.

– Ai, como dói, mamãe, dói mesmo, de verdade!

– Tudo bem, querido, eu sei disso, mas apenas segure firme em mim e tente subir alguns degraus. – A senhora Houston podia dizer que, embora Darryn estivesse machucado, não estava com a perna quebrada. "Graças a Deus por isso" – ela disse para si mesma.

Nesse meio-tempo, o pai ficou balançando a cabeça enquanto examinava os dedos da filha.

– Victoria, Victoria, o que vamos fazer com você? – ele segurava as mãos dela delicadamente. – Venha cá, vamos secar as suas lágrimas, e você vai me contar o que aconteceu.

O Piano

Em meio a soluços abafados, Victoria relatou a história para o pai incrédulo.

– E, então, ouvimos o barulho de algo se debatendo, e Darryn deixou a lanterna cair e... – Ela parou e virou para o piano. – Ouçam, aí está, de novo.

Toda a família escutou. E, com toda certeza, um estranho barulho parecia vir do canto onde o piano ficava. Darryn se aproximou ainda mais da mãe, apertando involuntariamente com mais força os dedos dela.

– Vejam – ele quase acusou a irmã. – Eu falei que não era o vento. Tem alguma coisa dentro do piano!

Quando o pai se levantou e foi olhar mais de perto, o som veio novamente. Mas desta vez, de trás do piano, e não de dentro.

– Dê uma ajuda, amor – ele disse para a esposa e, então, ambos empurraram uma ponta do piano para longe da parede.

– Aqui está o cadáver – ele sorriu. Um pequeno pássaro estava ali no canto do quarto.

– É só um filhote – disse a mãe. – Há um ninho deles do lado de fora da janela do nosso quarto. O pobrezinho deve ter voado por essa janela aberta e não conseguiu mais encontrar o caminho de volta.

Com a perna machucada quase completamente esquecida, Darryn se juntou aos pais, que observavam o pobre passarinho.

– Está ferido? – ele perguntou.

Hora do Espanto

– Acho que não, filho – replicou o pai.

– Está apenas um pouco tonto e provavelmente muito assustado. Vou tentar pegá-lo e, então, ele poderá voltar para o ninho.

A pequena ave, ainda sem ter a noção de que podia simplesmente bater as asas e sair voando, saltitou em voltas no chão com medo quando viu o imenso gigante se aproximar.

Por fim, o pai ergueu o passarinho e, depois de verificar se não havia nada de errado com ele, escancarou a janela e deixou que ele partisse.

– Agora ele vai ficar ótimo. Poderá voltar para sua família, sem nenhum mal a lamentar, eu acho.

Ele se virou e viu a mãe esfregando delicadamente os dedos de Victoria.

– Cadáveres, realmente... – a mãe delicadamente debochou dela. – E você vai fazer o exame na próxima semana. Ainda bem que não quebrou os dedos. Vamos esperar que o inchaço baixe logo.

Victoria suspirou e acenou com a cabeça concordando.

– Foi uma bela bobagem, eu acho. Quer dizer, a gente *podia* esperar até de manhã, não é mesmo?

Ela olhou para o irmão que examinava a perna atrás de contusões, cortes e outras coisas mais que pudesse exibir para o Simon.

O Piano

– Não sei se vou conseguir ir à escola amanhã – ele anunciou.

– Tudo bem, veremos isso de manhã – sorriu a mãe bastante aliviada, pois ninguém parecia ter sofrido nada de mais, a não ser escoriações leves e orgulho ferido. Abraçando as duas crianças, ela virou-as em direção à porta e as guiou para a cama, no andar de cima.

– Agora já para a cama, ou amanhã todos vamos perder a hora.

– Está bem. Mãe, pai, boa-noite! – eles se despediram em coro e voltaram cansados para o andar de cima.

– Mas que noite! – ela virou-se para o marido. – Corpos mortos em pianos... Eu quero dizer que é ridículo até de se dizer em palavras – ela bocejou sonolenta. – Venha cá, vamos deitar. Estou exausta.

– Sim, já estou indo, querida – o pai concordou.

A mãe saiu do quarto, mas quando colocou o pé no terceiro degrau, notou que o pai não a seguia. Ela voltou e empurrou a porta do quarto de brinquedos.

– Roger... – ela começou, mas parou quando percebeu o marido acendendo a lanterna dentro do piano.

Olhando para ela, ele sorriu timidamente. – Estava só checando – ele disse.

Capítulo 9

A Casa das Árvores

Na manhã seguinte, todos sentaram-se sonolentos à mesa para o café da manhã.

– Estou tão cansada – disse Victoria. – Acho que só dormi umas quatro horas.

– Eu sei, querida – a mãe sorriu. – Nós todos nos sentimos do mesmo jeito. Podemos dormir cedo hoje à noite, depois que voltarmos da Casa das Árvores.

– O que é a Casa das Árvores? – perguntou Darryn, olhando curioso para a mãe.

– É uma casa que o seu pai e eu fomos ver, e que gostaríamos que vocês também vissem antes de decidirmos alguma coisa.

– Decidir o quê? – perguntou Victoria, olhando para um e para outro.

– Se vamos comprar ou não – disse o pai.

– É uma bela casa, eu sei que os dois vão gostar. É muita sorte termos a oportunidade de comprá-la.

Victoria parou de comer.

– Comprar outra casa? Quer dizer: sair da nossa casa?

Hora do Espanto

Por quê? Quando? Eu não quero sair daqui – ela se voltou para a mãe. – Você também quer fazer isso? – ela perguntou. – Pensei que você gostasse daqui!

A mãe olhou ansiosa para o pai e depois voltou a falar com Victoria.

– É uma casa adorável, querida, com um jardim imenso. Espere só até você ver – ela disse de maneira tranquilizadora.

Victoria empurrou o prato diante dela.

– Não quero mudar para uma casa nova – ela disse aborrecida. – Eu quero ficar aqui.

Darryn se aproximou do prato da irmã.

– Não vai comer o bacon? – ele perguntou, já levando a comida à boca.

Victoria olhou para ele entediada.

– Às vezes você é muito grosso – ela disse. – Nem presta atenção no que está sendo conversado.

– Claro que sim – ele disse. – Só que eu... Ei, por que está fazendo isso? – ele disse zangado à Victoria, que tinha tapado com a mão a boca dele e olhava de olhos arregalados para a porta da cozinha.

– Silêncio – ela disse a ele. – Acalme-se. Escute.

Todos se calaram, e puderam ouvir, claramente, o som do piano sendo tocado alto e furiosamente.

– Essa não, de novo! – o pai balançou a cabeça e se levantou.

O Piano

A mãe e as duas crianças o seguiram e foram para o quarto de brinquedos. O pai abriu a porta, e mais uma vez a família assistiu ao piano e escutou a melodia agora familiar.

O piano se debatia e martelava. As vibrações faziam o instrumento se mover ligeiramente pelo chão. As crianças ficaram perto dos pais, com medo dos sons enraivecidos e da tensão que dominava o quarto. Por fim, o piano pareceu dar sinais de cansaço, mas continuou a tocar, mais tranquilo agora, e as crianças ficaram com menos medo.

– Será que você vai ficar bem estando sozinha em casa? – perguntou o pai.

– É claro que vou – replicou a mãe. – Não se preocupe comigo. Você precisa trabalhar e eu vou levar as crianças para a escola. Vai ficar tudo bem. Que mal um piano pode me fazer?

– Que bom que você está segura. É que tudo isso é muito estranho... – ele olhou o relógio. – Eu realmente tenho que ir, mas venho buscar todos hoje às seis da tarde para irmos até a Casa das Árvores.

Mas, como se reagisse a algum tipo de sinal, o piano mais uma vez explodiu se debatendo e martelando furioso, quase no mesmo instante da menção ao nome da casa nova.

– Uau! – disse Darryn. – Está ficando maluco novamente!

Hora do Espanto

O pai fechou a porta e levou a família para longe do barulho. Quando voltaram para a cozinha, a mãe estava pensativa.

– Vou ligar para a Jessica hoje – ela disse. – Não sei se ela vai conseguir ajudar ou não, mas acho que vale a pena tentar, não é mesmo?

– Mas você não faz ideia de onde ela mora – disse o marido.

– Não, mas sei onde ela trabalha. Vou ligar para o hospital – ela replicou.

Capítulo 10

Notícias da Enfermeira Jessica

Quando o pai chegou em casa naquela tarde, logo depois das seis horas, a mãe e as duas crianças estavam aguardando. Victoria parecia desesperadamente infeliz, mas todos embarcaram no carro, e eles partiram em direção à grande casa.

– Como foi o seu dia? – a mãe perguntou ao pai, distraída.

– Tudo bem – ele replicou. – E o seu? Deu sorte no contato com a Jessica?

A esposa suspirou e relutou, pois não queria aborrecer as crianças, mas elas já sabiam tanta coisa que pouco importava esconder algo.

– Liguei para o hospital de manhã e perguntei se podia falar com a enfermeira Jessica Perry. A moça perguntou quem eu era, e depois me colocou para falar com a enfermeira-chefe – ela disse. – Ela está morta, Roger, *Jessica está morta*! – a mãe mordeu os lábios e olhou para as mãos. – Faz oito anos, e parece que foi pouco depois que ela se mudou. Foi horrível, como você sabe, não imaginava ouvir isso a respeito dela, pobre Jessica.

Hora do Espanto

Ao chegar no sopé da colina que levaria a família até a Casa das Árvores, o pai estacionou o carro e desligou o motor.

– O que aconteceu? – ele perguntou à esposa calmamente.

– Um acidente de carro – ela disse lentamente.

– Um estranho acidente de carro. Um caminhão fora de controle foi direto para cima dela. Ela morreu na hora, aparentemente sem sofrimento. Então, acho até que foi uma bênção.

O marido sacudiu a cabeça.

– Isso é terrível, Emily. Lamento muito.

– Eu sei, que perda trágica – a mãe concordou. – Ela estava a caminho da editora, pelo que a enfermeira disse. Ela havia revelado sua ambição musical apenas um dia antes. Ao que parece, havia terminado uma nova peça de música e foi à editora no dia de folga para mostrá-la e ver o que achavam. Então, liguei também para a editora. A enfermeira só lembrava parte do nome da empresa, mas consegui encontrá-lo na lista telefônica. Disse que recentemente ouvi *O Velho Carvalho* e queria saber se Jessica Perry tinha composto mais alguma coisa. O rapazinho que atendeu foi muito gentil, e me contou que ela possuía outra obra publicada, *La Niña Hermosa*. Esse título aparentemente está em espanhol e quer dizer *A Me-*

O Piano

nina Bonita. A mãe dela era de origem espanhola – ela acrescentou explicando.

Ela fez uma pausa por um momento, para observar os filhos no espelho. Os dois escutavam atentamente, aguardando para ouvir o que ela diria em seguida. Ela limpou a garganta.

– Então, assim mesmo, perguntei se ele poderia me enviar cópias das duas peças de música. Tenho quase certeza de que o piano toca quase sempre, e com mais fúria, *O Velho Carvalho*, e posso apostar que *La Niña Hermosa* deve ser a outra. De qualquer forma, vamos esperar para ver, não é?

Ela forçou um sorriso.

– Tudo bem com todos? Agora, vamos lá, vocês dois, não fiquem assim tão mal-humorados. Logo nós vamos resolver esse mistério de vez, e a vida vai voltar a ser chata e tediosa novamente!

Inconscientemente, Darryn se moveu para mais perto da irmã no banco traseiro, e segurou a mão dela.

– Ai, Darryn, não aperte tanto – ela reclamou. – Os meus dedos ainda estão doendo por causa do acidente com a tampa do piano, que por acaso foi culpa sua!

Darryn soltou a mão zangado.

– Desculpe – ele resmungou. – Eu esqueci.

O pai girou a chave na ignição, deu a partida e retomou o caminho.

Hora do Espanto

– Vamos esperar a chegada das partituras musicais para ver se são as mesmas melodias e, então, decidimos o que fazer.

Capítulo 11

A Visita à Casa das Árvores

Alguns minutos depois, eles chegaram à casa. O velho senhor, sentado na estufa como de costume, levantou a mão em sinal de cumprimento. Darryn bateu a porta do carro e olhou espantado.

– Mas o jardim é enorme, pai. Podemos jogar futebol. O Simon jamais vai me encontrar aqui no jogo de esconde-esconde. Uau! Quando mudamos?

Victoria olhou para ele.

– Traidor – ela disse. – Você não tem nenhum sentimento de lealdade pela sua casa? Você é tão leviano que acha que pode ficar mudando pra lá e pra cá só para brincar de esconde-esconde?

Ela se zangou e colocou as mãos na cintura, furiosa.

A senhora Houston colocou a mão delicadamente sobre o ombro da filha.

– Venham todos, vamos ver lá dentro. E não seja tão dura com o seu irmão, Victoria, ele *só tem* 6 anos de idade, lembra?

A mãe e Victoria caminharam em direção à porta da frente, com o pai seguindo de perto.

Hora do Espanto

– Papai, papai – gritou Darryn, correndo para acompanhá-los. – O que quer dizer leviano?

Mesmo Victoria, zangada e infeliz, teve que admitir que a casa era bonita. O velho senhor era adorável e instruiu a família a circular livremente para explorar os cômodos.

Embora, obviamente, ele fosse incapaz de acompanhá-los pela casa, disse a todos que guardassem as perguntas que ele as responderia depois. A irmã do velho homem servia café e bolo, enquanto ele falava carinhosamente sobre a casa da família e detalhava sua história.

Embora estivesse determinada ao oposto, Victoria sentiu-se atraída pelo velho senhor Lawrence e sua casa. Darryn estava prestes a devorar a quarta fatia de bolo quando um olhar de seu pai o fez retirar a mão e voltar para seu lugar.

– E então? – começou a senhora Williams, filha do senhor Lawrence. – O que acham?

– Ora, estamos muito impressionados – respondeu a mãe.

– É uma casa adorável, você deve ter gostado de morar aqui quando era criança.

– Sim, de fato – a senhora Williams sorriu. – Tenho muitas lembranças felizes, devo reconhecer, mas você não pode viver no passado para sempre. Che-

O Piano

ga um momento em que você simplesmente precisa mudar. Não é verdade, pai?

O senhor Lawrence virou-se da janela para olhar a filha. A esposa tinha morrido há quase dez anos e agora ele sabia que não conseguiria ter a expectativa de ficar nessa casa por muito mais tempo. Elizabeth, a filha, tinha sido muito boa para ele todos esses anos, e ele sabia que fazia sentido mudar-se para morar com ela e o marido em um condomínio moderno na cidade.

– Sim, querida, você está certa. Nós todos temos que mudar em algum momento na vida. – Ele apressadamente enxugou uma lágrima antes que alguém reparasse e esboçou um leve sorriso. Tinha gostado daquela família, e a ideia deles morarem em sua preciosa casa não o incomodava muito.

"Vão trazer a vida novamente para este lugar, com o som de crianças correndo pela casa" – ele pensou. Ajustando o cobertor franzido sobre as pernas, ele se inclinou para a frente na cadeira de rodas. – E então, rapazinho, que tal aquela quarta fatia de bolo? – ele ofereceu o prato para Darryn.

Darryn e Victoria sentaram-se no banco de madeira do lado de fora da casa enquanto a mãe e o pai se despediam.

Hora do Espanto

– Ainda temos que colocar a nossa própria casa à venda, se é que você entende – o pai disse. – Mas estamos muito interessados nesta aqui.

O senhor Lawrence e sua filha concordaram.

– Eu ficaria muito feliz de ver você e sua família morando aqui – o velho homem disse.

– Sei ser um bom perdedor – ele sorriu para a filha, que o pegou pela mão.

– Foi muito bom conhecer vocês – ela disse para a família. – Esperamos nos reencontrar em breve.

– Vamos manter contato, e entenderemos se outro comprador aparecer e vocês tiverem que vender a eles. Afinal de contas, vocês não podem nos esperar para sempre! – disse o pai.

– Eu tenho a estranha sensação de que fecharemos negócio, meu rapaz – disse o senhor Lawrence enquanto girava sua cadeira de rodas e voltava para dentro.

Victoria e Darryn correram para se juntar aos pais na entrada da garagem. Eles acenaram despedindo-se do senhor Lawrence, que agora estava de volta à estufa, e Darryn parou e se agachou para pegar algumas flores pelo caminho. Ele olhou para cima e teve que proteger os olhos do sol.

O Piano

– Mas que árvore enorme – ele falou, quando viu o imenso carvalho à esquerda da estufa.

– Sim – a irmã concordou –, deve estar aí há séculos! Venha, vamos para o carro, a mamãe e o papai estão esperando.

Capítulo 12

A Música Chega

O inchaço dos dedos de Victoria desapareceu depois de alguns dias, e ela reassumiu sua posição na banqueta para praticar o piano. A música que a mãe havia pedido para ser enviada pela editora só chegou três dias depois, tempo durante o qual o piano ganhou vida em várias ocasiões. Às vezes, ele tocava delicadamente, quase suavemente, mas em outras vezes, todo o quarto de brinquedos parecia trepidar com sua fúria. Estranhamente, a manhã em que o corretor da imobiliária passou para tirar fotografias da casa foi uma das vezes em que o piano tocou de maneira mais alta e mais violenta. Quando ele começou a martelar a placa de "Vende-se" no jardim, o barulho do piano era quase ensurdecedor.

– A minha filha está praticando para o exame – o pai resmungou desculpando-se com ele. – Temo que ela esteja com a mão um pouco pesada.

O homem olhou para ele de um jeito estranho, ou talvez fosse imaginação do pai, e logo depois foi embora.

Hora do Espanto

É claro que, assim que o carro dele sumiu de vista, a furiosa tocata parou.

Embora desolados, os membros da família acabaram se acostumando com a música que enchia a casa. Cada um tentava não deixar que aquilo interferisse muito em sua vida. A mãe era a primeira a descer toda manhã. Verificava o correio, pois sentia que de alguma maneira a chave de todo esse mistério estava contida naquelas partituras musicais. Quando o último grande envelope marrom foi tirado da caixa do correio, a mãe estava com um pouco de medo de abri-lo. Victoria avistou-o encostado na torradeira quando desceu para o café da manhã.

– A música chegou, mãe? – ela perguntou.

– Acho que sim, meu amor. Sinto-me um pouco incomodada em abrir isto.

– Então, deixe comigo – disse a filha. Victoria rasgou o envelope e olhou os papéis enviados. – É isso mesmo, tudo certo, mãe. *O Velho Carvalho* e *La Niña Hermosa*. – Victoria arregalou seus imensos olhos para *O Velho Carvalho*. – É definitivamente a mesma melodia – ela disse à mãe enquanto lia as notas. – Eu já ouvi tantas vezes que acho até que poderia escrever as notas por conta própria.

– Venha cá, mãe, vamos para o quarto de brinquedos. Eu mesma quero tentar tocá-las.

O Piano

As duas foram para o quarto de brinquedos e Victoria ocupou seu lugar na banqueta. Com um pouco de medo, sem saber direito por que, a mãe ficou ao lado da filha e a assistiu tocar. Victoria tocava como se ela própria tivesse feito a composição de ambas as melodias, sem nenhuma hesitação, apenas uma confortável familiaridade que emprestou um delicioso fluxo para a música. Quando terminou, ela se voltou para a mãe e deu um sorriso triste. Seus olhos estavam cheios de lágrimas.

– Ela deve ter sido uma bela pessoa, mãe, para ser capaz de escrever esta bela música. – A mãe sorriu concordando, bem na hora em que a porta rangeu e foi escancarada. O pai e Darryn entraram.

– Não tínhamos certeza se era o piano ou vocês – disse o pai ironicamente. – Então, como nenhuma de vocês estava na cozinha, achamos que deviam ser vocês.

Ele viu os olhos da filha cheios de lágrimas e olhou interrogativamente para a esposa.

– Então, a música de Jessica chegou? – ele perguntou.

– Sim, agora pela manhã. É muito bonita, basta ser tocada no tempo musical certo! Vamos, Victoria, chega de música por enquanto – ela delicadamente puxou a filha para perto de si. – Vá tomar banho, querida, e fique pronta para a escola. Podemos ver a música novamente depois.

Victoria saiu do quarto, seguida dos pais.

Hora do Espanto

– Venha, Darryn, você também – disse o pai.

– Já vou indo. Acabei de encontrar um brinquedo que perdi há meses – respondeu Darryn. Quando passava pelo piano para alcançar a caixa de brinquedos, ele reparou que as teclas do instrumento brilhavam e reluziam mais do que o normal. Curioso, ele pegou seu brinquedo e foi olhar o piano mais de perto. Ele tocou nas teclas aleatoriamente e ficou admirado ao descobrir que seus dedos estavam umedecidos! Pulou para trás, e decidiu dar o fora do quarto o quanto antes. Quando fechou a porta atrás de si, ele deu de ombros.

"Se eu não fosse esperto, podia jurar que o piano estava chorando!" – ele pensou.

Capítulo 13

Uma Tempestade se Forma

– Victoria, onde está você? – gritou a mãe, do corredor.

– Aqui em cima, mãe, no meu quarto – a filha falou. Victoria apareceu no topo da escada e inclinou a cabeça sobre o corrimão.

– Pode descer um minuto, querida? Estou de saída, mas preciso falar com você antes.

Victoria desceu e foi com a mãe até a varanda da frente.

– Eu vou ao supermercado agora. Tem certeza de que não quer ir? – A filha negou com a cabeça.

– E nem o Darryn – disse a mãe. – Tudo bem, então. Que horas são agora? – ela olhou no relógio. – Seis horas, certo. Vou sair agora e devo estar de volta lá pelas sete e meia. O papai vai demorar por causa de uma reunião, mas deve chegar em casa quase no mesmo horário que eu. Tudo bem? Darryn está brincando com o Simon lá fora. Vou dizer a ele para não ir muito longe e para fazer o que você mandar.

Hora do Espanto

Ela levantou as sobrancelhas intrigada e fez esta observação. – Agora, onde estão as chaves do meu carro?

Assim que o carro da mãe deixou a entrada da garagem, o telefone tocou. Victoria atendeu. Era o pai.

– Alô. Victoria? Posso falar com a sua mãe, por favor?

– Ela acabou de sair, pai. Foi ao supermercado.

– É mesmo? – houve silêncio por um momento. – Olha, Victoria, parece que a reunião pode demorar um pouco mais do que eu pensei, então, não vou chegar em casa antes das oito e meia.

– Tudo bem, pai, aviso a mamãe quando ela voltar.

– Obrigado, querida, desculpe por isso. Vocês ficarão bem?

– É claro que sim – ela tomou outro gole do refrigerante que tinha pego da geladeira. – Mamãe só vai chegar em uma hora, e você às oito e meia. Não se preocupe pai, estaremos bem.

Depois de se despedir do pai, Victoria colocou o telefone no gancho e foi para a sala de estar. Ela olhou para fora da janela para ver se Darryn ainda brincava no jardim, depois olhou para ver se a janela estava aberta. O calor tanto dentro como fora de casa era insuportável para aquela época do ano. A janela estava aberta, assim como todas as outras janelas da casa, mas ainda não parecia circular nenhum ar. Victoria

O Piano

tomou o que sobrou do refrigerante e voltou ao andar de cima para terminar a lição de casa.

– E agora, será que precisamos de cereal matinal, ou não? – a senhora Houston murmurou para si mesma no supermercado. De qualquer maneira, ela pegou uma caixa e foi para o caixa.

– Está escurecendo demais lá fora – disse uma mulher na fila. – Parece até um eclipse – ela comentou com a garota do caixa.

A moça continuou a registrar as mercadorias colocadas na esteira do caixa e concordou com a cabeça distraidamente. A senhora Houston olhou para o céu e ficou chocada ao ver como tinha escurecido desde que entrara na loja. Olhou o relógio. Eram sete e quinze da noite. Ela esperava que Darryn tivesse ido para dentro de casa, pois agora ela temia que talvez uma tempestade estivesse se formando. Havia certamente alguma coisa no ar. Ela precisava chegar logo em casa, de qualquer maneira. E seria a próxima na fila.

A mulher da frente pegou seu talão de cheques, quase na mesma hora em que a fita de papel da impressora da entediada garota do caixa acabou. A senhora Houston suspirou.

"Por que eu sempre entro na fila errada, e por que isso sempre acontece quando estou com pressa?" – ela pensou.

Capítulo 14

A Tempestade

Darryn *tinha* entrado em casa, não por causa da ameaça de tempestade lá fora, mas porque Simon tinha sido chamado pela mãe e Darryn tinha se cansado de ficar no jardim sozinho. Ele foi para o quarto da irmã no andar de cima e entrou sem bater.

– Quantas vezes eu já disse para você bater? – ela falou, sem mudar de posição na cama. Estava deitada de bruços, lendo um livro da biblioteca e ouvindo um CD.

– Desculpe – resmungou Darryn automaticamente, mas não deu a mínima. Ele não se importava com quem entrasse em seu quarto e certamente jamais pensaria em pedir para alguém bater antes de entrar.

– Estou com fome – ele disse à irmã.

– Hum, novidade! – ela falou, ainda sem levantar a cabeça. – Por que não pega um pacote de batatinha frita?

Hora do Espanto

– Não tem nenhum – ele replicou. – Espero que a mamãe traga um monte do supermercado.

– Na verdade – disse Victoria, encostando o livro –, também estou morrendo de fome. Vamos ver o que podemos fazer no micro-ondas!

Lá embaixo, na cozinha, Victoria teve que acender a luz.

– Não acredito que escureceu assim tão cedo – ela disse. – São só sete horas. – Ela olhou para fora da janela para ver o céu. – Eu realmente espero que não venha nenhuma tempestade.

Darryn voltou das profundezas do *freezer* com um pacote em cada mão.

– O que você quer? – ele perguntou. – Panquecas ou pedaços de frango?

– Não importa, você escolhe – a irmã deu de ombros, pois estava mais interessada em pegar refrigerante na geladeira. "Estava fazendo muito calor. Isso com certeza *vai* provocar uma tempestade" – ela pensou.

– Então, vamos comer os dois – disse Darryn feliz da vida. – Tome, e entregou os pacotes a ela.

Victoria leu as instruções de preparo na embalagem rapidamente, colocou as panquecas na grelha e os pedaços congelados de frango no micro-ondas.

O Piano

A primeira trovoada pegou ambos completamente de surpresa.

Victoria estava sentada em um banquinho alto da cozinha, inclinada sobre o balcão, enquanto Darryn estava ao lado do micro-ondas, contando os minutos, pois não confiava que o forno fizesse isso sozinho. Darryn virou rapidamente para ver a irmã.

– Essa não – ela sussurrou. – Por favor, uma tempestade com raios não!

O próximo trovão a fez fugir do banco e de perto da janela para ficar ao lado do irmão.

– Tudo certo, Vic, é só uma pequena tempestade, ficaremos bem.

Victoria estava, como sempre, apavorada com raios e trovões. Ela tinha passado muitas noites na cama dos pais enquanto essas tempestades desabavam lá fora.

Darryn, por outro lado, não sentia medo nenhum e gostava de ficar na janela assistindo aos relâmpagos dos raios iluminarem o céu. Ele voltou sua atenção para o micro-ondas para ver quanto tempo ainda faltava para terminar, quando houve um imenso estrondo de trovão e a casa mergulhou na escuridão.

Hora do Espanto

– Victoria – ele agarrou o braço da irmã, completamente perdido, e acabou esbarrando a mão na lata de refrigerante, derrubando-a e esparramando tudo no chão.

O rosto da irmã foi iluminado pelo relâmpago que riscou o céu e, de fato, toda a cozinha se iluminou, mas só por um instante. Victoria segurou na mão do menino.

– Tudo bem, Darryn – ela tentou se mostrar tranquila, embora sua voz estivesse longe de ser firme quando ela continuou.

– A mamãe e o papai vão chegar logo. Só precisamos manter a calma, pois num piscar de olhos a energia vai estar de volta.

– Falta de energia? Isso quer dizer que não posso comer os meus pedaços de frango? – ele perguntou. – Estou com fome.

Sem soltar a mão dele, Victoria foi até a geladeira e pegou uma imensa barra de chocolate.

– Pegue – ela ofereceu ao irmão. – Com isso você vai aguentar mais um pouco.

Os olhos deles foram se acostumando à escuridão, e agora os dois olhavam um para o outro.

– Será que devemos ficar aqui, ou é melhor ir para cima? – perguntou Darryn.

O Piano

Victoria ia responder quando ouviu uma forte batida na frente da casa.

– O que foi isso? – ela olhou para o Darryn.

– Deve ser a mamãe! – ele disse agitado. – Mãe... – ele tentou gritar.

Victoria colocou a mão na boca dele.

– Silêncio – ela cochichou imediatamente. – Como podemos saber se é a mamãe? Eu não ouvi nenhum carro chegar, você ouviu?

Puxando a mão dela de sua boca, Darryn virou para ela zangado.

– Como posso ouvir alguma coisa com esse barulho de trovão? – ele perguntou.

– É claro que é a mamãe. Quem mais poderia ser? – Vamos seguir por aqui, Darryn – ela orientou. – Venha comigo. Vamos pegar a lanterna do papai, e depois investigamos o que aconteceu.

Depois de fazer uma considerável bagunça na gaveta, Victoria finalmente achou a lanterna, e as duas crianças saíram da cozinha de mãos dadas. Não era preciso tentar fazer silêncio a caminho do salão, pois o som da tempestade rugia furiosamente ao redor deles.

Nesse momento, as crianças já sabiam que não tinha sido a mãe deles quem entrara pela porta da frente, pois a teriam encontrado na entrada. Victoria

Hora do Espanto

queria desesperadamente parar e mudar de direção retornando à relativa segurança da cozinha, mas sabia que primeiro teria que verificar se a porta da frente estava bem trancada.

Apertando a mão de Darryn, Victoria continuou a direcionar o facho da lanterna na frente deles, colocando determinadamente um pé na frente do outro, até que por fim eles alcançaram a porta de entrada que dava para a varanda.

– Estou com medo, Victoria – disse Darryn, com a voz quase inaudível devido ao som da tempestade furiosa. – Quero que a mamãe e o papai venham para casa.

Victoria se curvou mais perto do irmão.

– Também estou assustada – ela disse –, mas precisamos trancar a porta da frente, depois vamos telefonar para o escritório do papai e contar exatamente o que está acontecendo. Ele vai chegar em casa em 15 minutos, no máximo, eu prometo. Na verdade, provavelmente ele vai encontrar a mamãe lá fora na garagem!

Victoria se mostrava muito mais corajosa do que era e o que ela mais desejava no mundo era que os pais estivessem com eles naquela hora.

Quando ela foi falar com Darryn, a porta bateu de novo, só que desta vez houve também o barulho

O Piano

de alguma coisa sendo esmagada no chão. Victoria engoliu em seco e seguiu em frente.

Foi nesse exato momento que as pilhas da lanterna pifaram.

Capítulo 15

A Mensagem

Mergulhadas na mais completa escuridão, as crianças se abraçaram e ficaram juntas. Victoria desabou no chão, levando o irmão com ela. Darryn agora gritava, e Victoria tentava não gritar.

Então, eles ficaram sentados ali. A porta bateu várias vezes, abria e fechava, abria e fechava, enquanto trovões e relâmpagos enlouquecidos cruzavam os céus rapidamente. E agora, havia também o som de alguma coisa sendo quebrada e esmagada no chão.

– Não quero mais ir adiante, Victoria, por favor. Deve ter alguém na varanda, não tem? – ele olhou para a irmã.

– Não sei se tem alguém lá, Darryn, mas eu também não quero continuar, principalmente sem a lanterna.

Os trovões pararam por um momento, e as crianças perceberam outro barulho. Elas escutaram atentamente.

Hora do Espanto

– O piano! – disse Victoria. – Está nos chamando... – ela disse, levantando-se.

– Venha – ela chamou Darryn. – Vamos para o quarto de brinquedos, o som do piano vai nos guiar no meio da escuridão, e poderemos usar o telefone que fica perto para chamar o papai.

O apavorado garotinho se levantou, permanecendo agarrado na irmã o tempo todo. Ele não ousou discutir as instruções dela. Só queria que aquele pesadelo terminasse.

Apoiados na parede, e um no outro, os dois voltaram pelo caminho que tinham feito, o tempo todo ouvindo as batidas na porta da frente, intercaladas com os estrondos dos trovões. Ao mesmo tempo, porém, o piano podia ser ouvido tocando, como se quisesse indicar a eles como podiam chegar ao quarto de brinquedos.

Uma trovoada extremamente ruidosa seguida por um relâmpago muito forte iluminou por um momento a casa.

– Uaaa! – exclamou Darryn escandalosamente, quase fazendo a irmã desgrudar a pele fora do corpo.

– O que foi agora? – ela perguntou, virando-se para ele.

– Ali – ele apontou para um quadro na parede. Victoria olhou atentamente pela escuridão.

O Piano

– É o nosso retrato, de que a mamãe tanto gosta – ela disse. – Por que está tão assustado?

– Ufa! – ele respirou aliviado. – No escuro parecem criaturas alienígenas.

Se não estivesse tão assustada, Victoria riria. Ela inclusive achava que eles pareciam alienígenas naquele retrato em plena luz do dia!

Eles estavam quase chegando na porta do quarto de brinquedos, onde o telefone ficava fixado na parede. Victoria pegou o telefone.

– Como vai fazer para discar o número? – perguntou Darryn.

Colocando o fone no gancho de volta, ela replicou: – Não vamos ter que nos preocupar com isso, porque o aparelho está mudo. As linhas telefônicas também não estão funcionando.

Eles entraram no quarto de brinquedos, onde o piano ainda tocava.

– Você é forte? – Victoria perguntou ao irmão.

– Depende, por quê? – ele olhou para ela curioso.

– Acho que devíamos empurrar o piano atrás da porta, assim ninguém vai poder entrar.

Então, ao ver o rosto pálido do menino, ela acrescentou: – Até a mamãe e o papai chegarem em casa,

Hora do Espanto

claro. Assim que tivermos certeza de que são eles, nós os deixamos entrar, o que acha?

O irmão olhou indeciso para o instrumento no canto.

– Acha que conseguimos? – ele perguntou.

– É claro que sim – disse Victoria com valentia. – Vamos fazer isso!

E fizeram. Enquanto a tempestade lá fora ainda não dava sinais de amainar, as duas crianças empurraram e puxaram o piano com determinação até posicioná-lo contra a porta do quarto de brinquedos.

– Agora eu me sinto mais segura – disse Victoria, sorrindo para o irmão. Ele também sorriu, e pegou no bolso a barra de chocolate meio derretida.

– Vamos sentar na almofada do saco de feijão e comer isto – ele disse. – Podemos contar histórias um para o outro enquanto esperamos.

O piano estava quieto e quase parecia proteger os dois. Agora, uma vez ou outra a claridade de um raio jogava luz no quarto, e as crianças aproveitavam a oportunidade para encontrar alguma coisa na caixa de brinquedos.

Foi assim que Darryn recuperou uma ponte de madeira que fazia parte do conjunto do trenzinho, um (in-

O Piano

crível) serrote em formato de dinossauro intacto, uma caneta colorida e uma lanterna *laser* multicolorida.

– Uma lanterna! – exclamou Victoria, que havia encontrado seu pequeno piano cor-de-rosa desaparecido há anos e que estava delicadamente percorrendo as teclas com os dedos. – Será que funciona? – ela perguntou agitada. Darryn moveu o botão de "Desliga" para "Liga", e os dois ficaram encantados quando viram uma luz verde dançar na parede.

– Ótimo – disse Victoria, batendo palmas. – Posicione-a entre nós para que ambos possamos aproveitar, certo?

Ao fazer o que ela pedia, Darryn colocou o foco da lanterna entre a pequena ponte de madeira e um velho livro de canções de ninar e foi vasculhar dentro do que parecia agora uma "assustadora e arrepiante" caixa de brinquedos.

Victoria continuou cantarolando *O Velho Carvalho* desde o momento em que o piano tinha tocado antes, e se distraiu tocando as notas dessa melodia em seu pianinho cor-de-rosa. Ela observou que, nas teclas em que tocava, a letra "N" correspondia à primeira nota tocada. A segunda nota era "Ã", e a terceira era "O", depois, vinha o "C".

Hora do Espanto

Quando tocou a quinta tecla, Victoria começou a perceber que aquilo não era apenas uma mistura de letras, mas, em vez disso, parecia até que o piano estava tentando passar um recado para ela.

– Darryn – ela o chamou agitada. – Darryn, venha ver isto. A melodia significa alguma coisa, depressa. – Darryn se apoiou na irmã e viu.

– Pegue a caneta, depressa, escreva cada letra enquanto eu toco as notas. – Ela foi ditando lentamente em voz alta cada nota soletrada no pianinho:

NÃO CO

Darryn olhava as letras que tinha escrito e depois chegava mais perto para ver qual poderia ser o resto da mensagem. Victoria tocou a nota seguinte, depois mais uma, até que o recado ficou claro para ambos:

NÃO COMPREM A CASA DAS ÁRVORES

– Não comprem a Casa das Árvores! – Darryn repetiu. – Mas por que não? Isso não faz sentido.

Victoria olhou para o grande piano que estava no outro lado da sala e raciocinou.

– Será que é isso que ele tenta nos contar desde que o compramos? Um recado de além-túmulo transmitido por um piano? – ela perguntou-se.

O Piano

O que meses antes Victoria teria rejeitado como a mais completa bobagem, ela agora não desconsiderava tão rápido.

– Victoria – Darryn insistiu. – Por que o piano nos diria para não comprar a casa? Não entendo.

A irmã se recostou de novo na almofada.

– Eu também não entendo, Darryn, e nem tenho certeza se algum dia entenderei. De qualquer forma, não ouço nenhuma trovoada há pelo menos dez minutos. Talvez a tempestade tenha passado – ela apontou para fora.

As crianças se abraçaram e se enrolaram em um xale como se fossem bebês, e ao som da chuva forte que caía do lado de fora, ambos pegaram no sono.

Capítulo 16

Uma Tragédia Anunciada

– O telefone voltou a funcionar – disse o pai depois de colocar o fone no gancho pela centésima vez naquela manhã.

– Isso é ótimo, querido – disse a esposa.

– Agora, só falta a eletricidade voltar e estamos feitos.

Na noite anterior, o senhor e a senhora Houston tinham, de fato, se encontrado do lado de fora da casa. O carro da mãe simplesmente se recusou a dar partida quando ela estava pronta para sair do supermercado. Ela teve que se proteger da tempestade por algum tempo antes que alguém pudesse ajudá-la.

Por fim, um rapazinho gentilmente abriu o capô, e fez uma conexão temporária para o carro funcionar. Ela partiu, vagarosamente, dirigindo com todo cuidado de volta para seus filhos.

Enquanto isso, o pai, que voltava tarde por causa da reunião, ficou chocado ao descobrir que quanto mais próximo de casa chegava, maior a quantidade de casas que pareciam ter sido afetadas pela tempestade.

Hora do Espanto

Muitos lugares estavam em completa escuridão.

Ao entrarem na rua de casa quase ao mesmo tempo, ambos saíram de seus carros e correram para a casa às escuras. Por fim, depois de deduzirem onde as crianças deviam estar, tiveram que bater e forçar a porta do quarto de brinquedos, antes de conseguirem acordá-las.

Depois de muitos abraços, Victoria mostrou aos pais, com a lanterna, o recado secreto que tinha descoberto antes. Atônitos, o senhor e a senhora Houston fizeram-na repetir a melodia lentamente.

– Ela está certa – disse o pai. – Quer dizer exatamente isso.

A mãe concordou.

– Mas por que a Jessica não quer que compremos outra casa? – ela pensou em voz alta.

Os quatro passaram a noite juntos no quarto da mãe e do pai, espremidos, mas seguros e felizes. Na manhã seguinte, o pai consertou a porta da frente, pois a dobradiça estava quebrada desde a noite anterior. E dois vasos de flores da mãe tinham se espatifado no chão da varanda.

Darryn foi ajudar o pai na arrumação e quase não acreditou no que tinha feito ele e Victoria sentirem

O Piano

tanto medo na noite anterior: uma porta que batia e uma varanda cheia de narcisos e gerânios!

Só isso? Ele contaria ao Simon uma versão totalmente diferente dos fatos, isso com certeza!

Victoria e sua mãe estavam no andar de cima.

– Tenho certeza de que Jessica escreveu *La Niña Hermosa* para você – a mãe disse. – Ela adorava você, Victoria, especialmente porque ela nunca teve filhos.

– Emily! – o pai gritou. – Desçam imediatamente, tem uma coisa que eu preciso mostrar a vocês.

A mãe e a filha desceram a escada rapidamente, apreensivas para saberem a razão daquele chamado.

O pai mostrou o jornal para a esposa. Ela olhou a primeira página. A maioria dos artigos falavam sobre a nova administração que tinha acabado de assumir o poder. Porém, o marido apontou para uma pequena matéria no canto esquerdo inferior da página.

"TRAGÉDIA NA TEMPESTADE FENOMENAL", dizia a pequena manchete.

"Uma tempestade fenomenal se abateu sobre a pequena cidade de Plessington na noite passada. Uma grande parte da região ficou sem o fornecimento de eletricidade, e as linhas telefônicas também foram afetadas.

Hora do Espanto

Tragicamente, o senhor Jeremy Lawrence, dono da Casa das Árvores, na Rua do Moinho, morreu quando o imenso carvalho que existia ao lado de sua casa foi atingido por raios. A árvore desabou em cima da estufa e provocou uma pancada fatal no senhor. O senhor Lawrence, cuja família morava na Casa das Árvores há várias gerações..."

A mãe colocou o jornal na mesa e apoiou-se no marido.

Victoria agarrou o papel da mesa e começou a ler em voz alta.

– Oh, não! – ela engasgou. – Pobre senhor Lawrence. Mas vocês não acham que devia ser isso que a Jessica estava tentando nos avisar, que não devíamos ir? Ela sabia que o acidente iria acontecer naquela noite. Nós poderíamos ter morrido!

Darryn puxou a blusa da mãe, tentando chamar a atenção dela.

– O que foi, querido? – ela perguntou distraída.

– Isto acaba de chegar para vocês – ele disse, entregando a ela um grande envelope marrom.

– O quê? Está bem, obrigada.

Despreocupadamente, ela rasgou a correspondência para abri-la, ainda pensando no senhor Lawrence.

O Piano

Ao puxar a carta do envelope, ela viu que era da mesma editora que tinha enviado as duas partituras de música que Jessica tinha escrito.

Prezada senhora Houston

<u>*Senhora Jessica Perry*</u>

A sua recente pesquisa a respeito do assunto acima nos levou a fazer uma busca em nossos arquivos. A pasta da senhora Perry continha um documento dirigido à senhorita Victoria Houston, mas não fornecia o endereço.

Na esperança de que ela possa pertencer à sua família, nós o encaminhamos a vocês. Se, no entanto, isso não for relevante para vocês, por favor devolva-nos no envelope anexo.

Gratos

A mãe olhou novamente dentro do envelope grande e puxou um menor, com o nome de Victoria. Ela o entregou à filha.
– É da Jessica – ela disse.

Hora do Espanto

Cuidadosamente, Victoria abriu o envelope e retirou uma partitura musical, intitulada *El Ángel Guardián* (*O Anjo da Guarda*).

TÍTULOS DA COLEÇÃO

HORA DO ESPANTO

Garoto Pobre

Tommy e sua mãe mudaram-se para uma casa nova e todos os vizinhos parecem ser melhores do que eles.

As outras crianças do local sentem enorme prazer em provocar Tommy e em lembrá-lo constantemente de como ele e sua mãe são pobres.

Tommy consegue a ajuda de um estranho garoto que costuma aparecer quando ele precisa. Com o novo amigo, ele começa a se vingar da criançada esnobe ao seu redor.

Mas de onde vem esse misterioso amigo?

E por que ele ajuda Tommy?

Sangue na Torneira

Bill Todd está encantado porque encontrou uma casa nova para a família. Ela é barata, localizada em uma boa vizinhança e é muito mais espaçosa, uma necessidade para a família em crescimento. Mas a esposa dele e seus filhos – Alex, Beth, Gary e Karen – não têm tanta certeza disso.

A casa parece sinistra e causa uma impressão assustadora. Eles têm um sentimento muito ruim sobre ela, mas o senhor Todd não pretende mudar de ideia.

O endereço é Avenida Blackday, número 13. E logo a família Todd descobre que seus temores estão se tornando reais. Não demorou muito para eles encontrarem algo que fez todos desejarem nunca terem se mudado!

O Espantalho

Não é raro pessoas se tornarem fortemente apegadas ao lugar onde nasceram... Mas um espantalho?

Uma série de acidentes misteriosos na nova fazenda da família Davis faz David suspeitar de que há uma relação entre eles. Será que existe alguém, ou alguma coisa, por trás desses eventos macabros?

Quanto mais David investiga, mais ele quer manter a boca calada. Até que o terrível segredo do espantalho seja revelado!

O Escritor Fantasma

Charlie é um aluno com talento para escrever, mas nem mesmo ele consegue se lembrar de ter escrito todas aquelas palavras que aparecem em seu bloco de notas!

Parece que uma história está sendo contada nas páginas do texto manuscrito, mas quem está fazendo a narrativa e por quê?

O diretor da escola de Charlie está se mostrando um pouco interessado demais no bloco de notas e não parece muito contente. Conforme Charlie investiga, descobre que as coisas são piores do que ele jamais poderia imaginar. Você alguma vez já se assustou com o diretor de sua escola?

Eu quero dizer: ficou *realmente* assustado?

O Poço dos Desejos

Tom fica feliz da vida quando encontra um poço abandonado perto de casa.

Quando grita o que pensa dentro do poço, Tom esquece os problemas que precisa resolver na nova escola.

Lentamente, Tom percebe que quando compartilha seus desejos com o poço, eles se tornam realidade, por mais terríveis que sejam. O espírito do poço atende aos desejos, mas o que será que quer em troca?

E o que acontece quando Tom hesita em ajudar o espírito do Poço dos Desejos?

O Soldado Fantasma

Alan e Isabel adoram ouvir histórias de heroicos guerreiros escoceses. Eles visitam o local onde ocorreu a Batalha de Culloden e Alan começa a sonhar acordado com a batalha, desejando que pudesse ter estado lá para ajudar a combater os Casacas Vermelhas.

Mas ele muda de opinião quando uma explosão no jardim da casa deles libera os espíritos dos guerreiros fantasmas da batalha.

Alan é acidentalmente lançado no apavorante mundo dos agitados fantasmas dos soldados ingleses e escoceses, que são obrigados a lutar essa batalha de novo. As crianças precisam levar os espíritos de volta ao lugar de onde vieram. Mas como?

O Doutor Morte

Alguma vez você já foi ao médico com uma doença sem importância só para descobrir que iria piorar muito em seguida?

Foi exatamente isso o que aconteceu com Josh Stevens e seus amigos. Eles deixaram de ser uma turma de adolescentes saudáveis para se tornarem despojos pustulentos, fedidos, ensebados, depois que, por coincidência, passaram por uma consulta com o encantador e elegante doutor Blair. As espinhas medonhas de Josh vão colocar em perigo o futuro encontro dele com a adorável Karen, mas existem "remédios" muito mais sinistros no armário do "bom" médico.

Será que Josh e seus amigos conseguem impedir o doutor Morte de realizar seu plano funesto?

A Fuga de Edgar

Depois de trazer muitas histórias fantasmagóricas e desprezíveis ao seu conhecimento, eu decidi que precisava contar a minha própria história. Tenho certeza de que você está ao menos um pouco interessado em saber quem foi Edgar J. Hyde e quem ele é hoje.

Diante dessa busca por informação, senti que a melhor maneira de atendê-lo seria contando-lhe a minha história.

Neste livro, eu revelo a pessoa por trás das histórias, de onde vim, como consigo contar as minhas histórias de além-túmulo e qual o meu propósito. Agora, peço-lhe que a leia, se tiver coragem!

A COLHEITA DAS ALMAS

Os Grimaldi, uma assustadora família com maus comportamentos e que sempre se veste totalmente de preto, mudam-se para a vizinhança de Billy e Alice.

Logo depois, a mãe, o pai e os outros vizinhos deles começam a agir de maneira muito estranha, como se de repente eles se tornassem malvados. As crianças e seus amigos, Ricky e Alex, logo são as únicas pessoas normais que sobram no bairro, em meio a ladrões, encrenqueiros e matadores.

A cidade toda, controlada pelos Grimaldi, não demora a tentar encontrar as quatro crianças, para capturar a alma delas e tornar a "colheita" completa.

Espelho Meu

A família Johnson comprou um lindo espelho antigo. Surpreendentemente, as três garotas da casa acham que podem ver a imagem fantasmagórica de uma garota presa dentro dele!

Ela veste roupas estranhas e parece estar tentando se comunicar com as garotas pelo espelho.

Logo, a misteriosa história da menina é revelada e a terrível verdade sobre como ela ficou presa no espelho vem à tona.

As meninas não têm outra alternativa a não ser tentar quebrar a maldição do espelho.

Feliz Dia das Bruxas

Samanta, Tiago e Mandy são irmãos. Os pais deles decidem descansar um pouco em uma tranquila aldeia no fim de semana do Dia das Bruxas. Os adolescentes estão muito preocupados, pois ficar em uma aldeia chata vai estragar a brincadeira de travessuras ou gostosuras.

Com certeza, o Dia das Bruxas será bem diferente do normal, mas longe de ser uma chatice!

Samanta descobre um velho livro de feitiçaria e rapidamente percebe que é capaz de controlar perigosos poderes. Logo, ela é levada para um mundo terrível e sinistro de magos e bruxos, e precisa escapar ou perderá a vida.